LA
POUPÉE BIEN ÉLEVÉE,

SUIVIE DE LA

LANTERNE MAGIQUE
DES PETITS ENFANTS.

ÉDITION ILLUSTRÉE

DE **12** DESSINS IMPRIMÉS EN DEUX COULEURS.

P. C. L.

PARIS,

A LA LIBRAIRIE DE L'ENFANCE ET DE LA JEUNESSE,

P. C. LEHUBY,

Rue de Seine, 55, faubourg Saint-Germain.

LA

POUPÉE BIEN ÉLEVÉE.

IMPRIMERIE DE BEAU, A SAINT-GERMAIN-EN-LAYE.

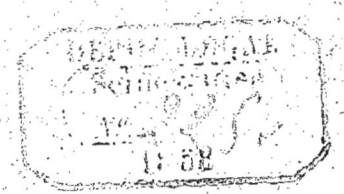

LA

POUPÉE BIEN ÉLEVÉE

SUIVIE DE LA

LANTERNE MAGIQUE

DES PETITS ENFANTS.

ÉDITION ILLUSTRÉE

De 12 Dessins imprimés en deux couleurs.

p.-C. L.

PARIS

LIBRAIRIE DE L'ENFANCE ET DE LA JEUNESSE,

P.-C. LEHUBY, LIBRAIRE-ÉDITEUR,

RUE DE SEINE, 55, F. S.-G.

1858

La fête de Vincennes.

LA

POUPÉE BIEN ÉLEVÉE.

LA FÊTE.

Deux aimables petites filles, Céline et Laurette, étaient avec leur maman à la fête de Vincennes. Des marchands de jouets d'enfants les appelaient de tous côtés pour leur offrir leurs marchandises. Les petites s'arrêtaient à chaque boutique, tantôt attirées par

Voilà la poupée!

VOILA LA POUPÉE.

 Le lendemain, Céline et Laurette obtinrent la permission d'aller déjeuner dans le jardin : elles cherchèrent un grand arbre pour se mettre à l'ombre; elles sautèrent de joie en trouvant au pied la jolie Poupée; elle avait une petite robe blanche et son négligé

était charmant. Un petit coffret était
à côté, et renfermait toute sa garde-
robe.

La maman, cachée derrière un
buisson, jouissait de la joie de ses
enfants : elle voulait se retirer doucement ; mais les petites l'avaient
aperçue : elles coururent à elle, se
jetèrent dans ses bras, et la remer-
cièrent de leur avoir fait tant de
plaisir.

« Mes enfants, leur dit la bonne
mère, cette Poupée vous appartient,
à condition qu'elle ne causera point
de disputes entre vous. Si vous vous
querelliez à son sujet, je serais forcée
de vous la retirer. Faites à vous deux
son éducation, et que chacun puisse

dire en la voyant : *Voilà une Poupée bien élevée!*

— Oh! oui, soyez tranquille, ma petite maman, dit Laurette; ma sœur, qui est l'aînée, sera, comme de raison, la maman ; et comme la Poupée ne sait pas parler, je répondrai pour elle. Oh! il faudra qu'elle soit bien sage, si elle veut avoir du bonbon et aller à la promenade. — Fort bien; mais il faut que sa petite maman lui donne le bon exenple. Si Mme Céline disait ses prières sans attention, si elle étudiait ses leçons avec négligence, si elle ne faisait pas sa tâche, la Poupée ferait comme elle. C'est vrai, maman, et alors je ne pourrais ni la gronder, ni la mettre en péni-

tence. Ma sœur, quel nom veux-tu
que nous lui donnions? — Celui que
tu voudras, ma bonne Laurette. Puisque tu veux bien que je sois la maman, il est juste que tu sois la marraine. — A merveille, mes enfants;
soyez toujours ainsi d'accord, et je
vous aimerai de tout mon cœur. —
Si tu veux, Céline, nous l'appellerons
Lolotte? — Tout comme il te plaira;
et puis le nom de Lolotte est fort
joli. »

Mᵐᵉ Blançai quitta ses enfants, en
leur recommandant de revenir à la
maison dans un quart d'heure, pour
commencer leurs devoirs.

Les deux petites filles, restées seu-
les, mangèrent de caresses leur jolie

Poupée. Elles visitèrent le coffret et trouvèrent six belles robes, des jupons garnis ou brodés, des chemises de percale, des bas de soie et de coton, et trois paires de jolis souliers; puis des chapeaux, des bonnets de négligé, des fleurs et des rubans.

Le temps s'écoula bien vite à examiner toutes ces choses, qui furent promptement remises à leur place; puis les deux sœurs prirent le chemin de la maison, l'une chargée du coffret et l'autre portant avec précaution Mlle Lolotte, de peur de salir sa robe et de chiffonner son chapeau.

La Poupée fut montrée à tous les

gens de la maison : ils partagèrent la joie des petites filles, qui, toujours douces et polies, se faisaient aimer de tout le monde.

On commence l'éducation de la poupée.

ON COMMENCE L'ÉDUCATION DE
LA POUPÉE.

 Les leçons sont dites, l'heure de la récréation arrive, les petites filles courent au jardin, bien empressées de commencer l'éducation de Lolotte. Laurette s'en empare, et la fait marcher vers sa sœur, qui prend l'air de dignité et toutes les manières d'une maman.

« Approchez, ma fille, que je vous
apprenne à faire la révérence. Levez
la tête; tenez-vous droite. Bon Dieu!
que vous avez mauvaise grâce! Ce
n'est pas du tout cela, et voilà la révérence la plus gauche!..

— Ma petite maman, je vais recom-
mencer.

— A la bonne heure; c'est cela.
Mais il faut souhaiter le bonjour.

— Bonjour, ma chère maman,
voulez-vous bien que je vous em-
brasse?

— C'est à merveille pour moi;
mais si c'était une étrangère, comment lui diriez-vous?

— Maman, je vais vous montrer
ça tout de suite : voilà Julienne, la

fille de la basse-cour : vous allez voir
comme je vais l'aborder poliment. »

Laurette fait marcher la Poupée
vers Julienne et lui fait dire, avec une
grande révérence : « Julienne, j'ai
l'honneur de vous souhaiter le bonjour. »

— Maman, Julienne me tourne le
dos et me fait la moue : est-ce donc
que je n'ai pas bien dit?

— C'est qu'elle pense que vous
vous moquez d'elle. Il faut apprendre à parler aux personnes comme
il convient à leur âge et à leur rang.
Quand je rencontre le jardinier, je
ne lui dis pas : Lubin, j'ai l'honneur
de vous saluer; je lui dis : Bonjour,
Lubin ; comme vous travaillez ! il

fait bien chaud, et vous êtes tout
en nage; reposez-vous donc un moment.

— Et si vous ne lui disiez pas cela,
est-ce qu'il se fâcherait?

— Non, sans doute; mais cela
lui fait plaisir, parce qu'il pense que
j'ai de l'affection pour lui; et l'on
n'est jamais si content que quand
on fait plaisir aux autres.

— Vraiment, ma petite maman !
Eh bien! je ferai comme vous; car
j'aime beaucoup à être contente ;
et quand je dirai cela à Lubin et à
Julienne, n'est-il pas vrai que je serai bien polie?

— Ce n'est pas ce qu'on nomme
de la politesse. Attendez un peu.

— Ma sœur, j'ai oublié comment
maman appelle les égards qu'on a
pour les domestiques et les ouvriers.

— C'est, je crois, de la bienveil-
lance; et maman dit que quand on
a bon cœur, cela vient tout naturellement.

— Sais-tu bien, Laurette, que tu
m'embarrasses avec les questions
que tu fais faire à ta Poupée? Et
pourtant, si je ne sais pas lui répondre, elle n'aura plus de respect
pour moi.

— Tu oublies qu'elle ne t'en-
tend pas. Moi qui parle pour elle,
je ne lui ferai jamais manquer de
respect à sa petite maman.

— Conviens, Laurette, que c'es

bien amusant d'élever une Poupée :
c'est tout comme si nous avions une
petite fille.

— Mon Dieu ! oui. Je t'assure,
Céline, que Lolotte nous fera honneur, et qu'elle sera bien mieux
élevée que les Poupées de nos petites amies.

— Oui ; mais il faut qu'elle apprenne à lire. Allons nous asseoir
sous ces arbres, au bord du canal,
et nous lui ferons dire sa leçon. »

On fait lire la poupée.

ON FAIT LIRE LA POUPÉE.

Venez ici, Lo-
lotte, mettez-vous
tout près de moi;
regardez bien vo-
tre livre, et suivez mon doigt.
Voyez-vous bien cette corbeille? elle
est pleine de cerises: c'est pour les
filles qui diront bien leur leçon.

— Ce sera donc pour moi, maman? Vous allez voir.

— Mais, ma fille, vous changez toutes vos lettres. Ah ! je ne m'en étonne pas; vous regardez ce petit oiseau qui voltige autour de nous. Plus d'attention, mademoiselle, ou je me fâcherai. Voyons au moins si vous vous souvenez des principes que je vous ai appris. Combien y a-t-il de *voyelles*?

— Maman, il y en a cinq : *a, e, i, o, u*.

— Fort bien. Et comment nomme-t-on les autres lettres de l'alphabet?

— On les nomme des *consonnes*.

— Combien y a-t-il de sortes d'*e*?

— Trois : l'*é* fermé, où l'on met l'accent aigu; l'*è* ouvert, où l'on met l'accent grave; et l'*e* muet, qui n'a point d'accent.

— Je suis contente de votre mémoire; mais ce n'est pas assez de savoir cela par cœur : il faut le bien comprendre. Je vous ai enseigné à prononcer ces trois sortes d'*e*. Épelez donc ce mot-ci : *m*, *è*, *r*, *e*, mère; le premier *è* est ouvert, et le second est muet.

— A merveille. Voyons, encore ce mot : *b*, *o*, *n*, *t*, *é*, bonté; celui-là est un *é* fermé.

— Allons, ma Lolotte, voilà qui est bien; je suis fort contente de vous, je vais vous donner des cerises.

— Mais, maman, à quoi cela sert-il d'apprendre à lire?

— N'avez-vous pas bien du plaisir quand je vous raconte une histoire?

— Ah! oui, maman; voulez-vous bien m'en dire une?

— Eh bien? ma fille, c'est dans les livres que je les apprends. Quand vous saurez lire, vous n'aurez besoin de personne pour vous faire des contes, et vous ne vous ennuierez jamais.

— Oh! je voudrais déjà le savoir; mais c'est que c'est bien long à apprendre; et puis cela ne m'amuse pas d'épeler.

— Il faut gagner le plaisir que je vous promets par un peu de peine. Imaginez, ma Lolotte, qu'il y a de grandes personnes qui aiment beaucoup les enfants, et qui se sont amusées à écrire l'histoire de petites filles bien aimables et de petits garçons bien gentils : ne seriez-vous pas charmée de les lire?

— Oh! beaucoup; mais, maman, si j'étais bien aimable, est-ce qu'on écrirait mon histoire?

Ici Céline éclata de rire, et ne put s'empêcher de dire à sa sœur : « Mon Dieu, Laurette, que tu as de drôles d'idées! et que tu fais dire à notre Poupée de plaisantes choses!

— Laisse-moi faire mon rôle à ma fantaisie, et réponds à la question de Lolotte. Elle te demande si l'on écrira son histoire.

— Cela pourrait bien être, et j'en ai peur pour vous.

— Pourquoi donc, maman?

— C'est que ceux qui écrivent des histoires disent tout. Je crains qu'ils n'apprennent à tout le monde que Lolotte est quelquefois entêtée, désobéissante, et j'en serais bien honteuse.

— Et moi aussi; mais, maman, soyez tranquille; je serai toujours sage; et ils n'auront que de jolies choses à dire de moi. »

Vite, au cabinet noir!

VITE, AU CABINET NOIR!

Quelques gouttes de pluie firent rentrer les deux sœurs, qui continuèrent leurs jeux dans le salon.

Elles savaient bien que les petites filles ne gardent pas toujours leurs bonnes résolutions; qu'elles sont quelquefois méchantes, et qu'a-

lors la maman est obligée de les
punir pour les corriger. Céline et
Laurette savaient si bien cela,
qu'elles n'en voulaient point à leur
maman quand elle les mettait en
pénitence, et qu'elles voulurent imi-
ter son exemple.

La Poupée eut un accès d'humeur, parce qu'on refusa de la me-
ner promener; elle dit qu'elle voulait y aller, trépigna des pieds, cassa
ses jouets, pleura, jeta les hauts
cris, et devint toute noire de colère.

« Fi donc! que cela est vilain!
disait la petite maman. Si vous saviez comme vous êtes devenue lai-
de! » Elle la conduisit devant une

glace. Lolotte détourna la tête, pour ne pas regarder, et continua de crier.

« Oh! mademoiselle, cela est trop fort, » dit la maman; et elle l'enferma dans un cabinet tout noir, puis elle sortit du salon.

Lolotte continua ses cris jusqu'à ce qu'elle fût épuisée; après cela, elle pensa sans doute que personne ne l'entendait, qu'ainsi elle était bien sotte de pleurer inutilement. Elle vit bien qu'elle ferait mieux de rester tranquille; elle commença même à sentir qu'elle vait eu bien tort d'être si obstinée, et qu'elle avait mérité d'être punie.

Vous sentez bien, mes petits amis, que ce n'était pas la Poupée qui faisait toutes ces réflexions; c'était la jolie petite Laurette, qui pensait et qui parlait pour elle.

Lolotte eut tout le temps de s'ennuyer dans sa prison : elle ne pouvait jouer, puisqu'elle ne voyait pas clair. Elle était donc bien fâchée d'avoir été méchante; et puis elle avait peur qu'on ne mît cela dans son histoire.

Enfin, la petite maman vint la tirer du cabinet; mais elle avait l'air froid, et ne la regarda seulement pas.

Lolotte alla s'asseoir dans un coin, toute honteuse; mais son hu-

meur n'était pas encore passée, et
elle ne demanda pas pardon,

Voyez, mes enfants, combien c'est
une vilaine chose que la colère, puisqu'elle empêche de réparer ses fau-
tes, même quand on les connaît !...

Le pardon.

LE PARDON.

Cependant Lolotte, qui aimait beaucoup sa maman, était bien chagrine de l'avoir fâchée; elle se leva tout d'un coup, et vint se mettre à genoux devant elle. « Pardon, ma petite maman, lui dit-elle en pleurant ; mais ses larmes coulaient doucement, car ce n'étaient plus l'humeur et l'obstination qui les lui faisaient répandre.

— Oh! chère maman, pardonnez à votre petite fille : elle ne sera plus entêtée ni colère.

— Me le promettez-vous bien, Lolotte ?

— Oui, je le promets de tout mon cœur.

— Eh bien! levez-vous, embrassez-moi : je veux bien oublier votre faute; mais si vous y retombiez, vous seriez punie encore plus sévèrement.

— A présent, ma fille, dites-moi un peu quel avantage vous trouvez à être méchante.

— Maman, je ne saurais que vous dire; mais c'est plus fort que moi. J'aime beaucoup à faire ma volonté; et, quand on me contrarie, je ne peux pas m'empêcher de me mettre en colère.

— Aussi l'autre jour votre oncle avait la complaisance de jouer avec vous ; il laissa tomber une petite bonne femme d'émail et lui cassa la tête.

— Oh! oui, maman, je m'en souviens bien.

— Vous frappâtes du pied, vous criâtes de toutes vos forces.

— Oh! mon Dieu, oui; c'est toujours comme cela que je fais.

— Vos cris et votre colère ont-

ils raccommodé la tête de la bonne
femme?

— Non, maman; c'est la colle
forte que mon oncle y a mise.

— Je me rappelle fort bien qu'il
vous disait : Tais-toi, ma petite; demain, je recollerai ta bonne femme,
et il n'y paraîtra pas. Mais vous ne
l'écoutiez seulement pas. Cependant
la veille vous aviez brisé votre jolie tasse de porcelaine, sans vous
mettre en colère et sans verser
une larme.

— C'est parce que c'était moi
qui avais fait le mal, je ne pouvais
me fâcher contre personne.

— Sans doute, et vous ne pouviez pas non plus vous fâcher con-

tre vous, parce que vous ne l'aviez pas fait exprès ; mais quand vous êtes méchante, c'est que vous le voulez bien ; car il n'y a rien de si sot que de dire : Je ne peux pas m'en empêcher : alors vous devez être bien fâchée contre vous-même.

— Je le suis aussi, maman. Tenez, je dis comme ça : « Vilaine petite Lolotte, pourquoi es-tu toujours méchante? Tu as une bien bonne maman, et tu lui fais du chagrin! Va, si tu n'es pas plus sage, personne ne t'aimera non plus. »

La toilette.

LA TOILETTE.

Venez ici, Lo-
lotte, que je vous
fasse votre toilette.
Vous êtes invitée
à déjeuner chez madame Lisbelle.

— Maman, allez-vous me mettre
ma belle robe de mousseline à
pois roses?

— Non, ma fille; il ne faut pas

3

tant de parure pour déjeuner avec ses amis. Voici votre robe de percale et votre pantalon brodé; c'est tout ce qu'il faut. Donnez-moi de l'eau, que je vous débarbouille. Ah! comme vos mains sont sales ! Ne vous ai-je pas recommandé de vous les laver tous les matins?

— C'est vrai, maman; mais je l'ai oublié.

— Quand je vous promets du bonbon ou une belle image, vous vous en souvenez bien. Allons, lavez-vous les mains dans cette cuvette.

« Tenez-vous droite pendant que je vous lace. Allez chercher vos brodequins de nankin. Bon. Je vais arranger vos cheveux avant de passer votre robe. Voilà un sautoir rose : il ira fort bien avec le chapeau rond doublé aussi en rose.

« A présent, regardez-vous dans la glace. Êtes-vous contente de votre toilette?

— Oui, maman. Je vais chercher mes gants et mon petit parasol.

— Un moment, Lolotte; il n'est pas encore temps de sortir, et j'ai bien des recommandations à vous faire.

« Vous voilà fort bien arrangée. Savez-vous ce qui fait l'agrément de votre toilette?

— C'est le beau ruban rose.

— Point du tout; c'est la grande

propreté de tout ce que vous avez, et l'arrangement de chaque chose. Si vous vous salissez, si vous chiffonnez votre robe, vous ne paraîtrez plus parée : ayez donc soin de donner la main à votre bonne, et de marcher doucement, pour ne pas vous crotter. Vous savez que vos petites amies Emma et Fanny sont toujours propres, et que tout le monde en fait compliment à leur maman.

— Maman, j'ai bien peur qu'elles ne mettent aujourd'hui leurs robes neuves.

— Eh bien! quand cela serait?

— C'est qu'elles seraient bien plus belles que moi.

— Tâchez seulement qu'elles ne

soient pas plus douces, plus polies, plus complaisantes; et surtout n'al-lez pas prendre de l'humeur : vous savez combien cela vous enlaidit!

— C'est vrai, maman. Hier, quand j'ai été si méchante et que vous m'avez menée devant la glace, j'étais l'aide à faire peur.

— Et quand vous êtes sage, vous entendez dire à tout le monde : Ah! la jolie petite fille! C'est comme si l'on disait que vous êtes bien ai-mable et bien élevée. »

La révérence.

LA RÉVÉRENCE.

Enfin, la bonne conduisit Lolotte chez Madame Lisbelle. On lui avait recommandé de saluer en entrant ; elle fit de fort bonne grâce une révérence très-gracieuse.

Madame Lisbelle était la gentille

Victorine, la meilleure amie de Céline et de Laurette.

Elle reçut très-bien Lolotte, lui fit beaucoup de caresses, et alla chercher ses Poupées, qu'elle nommait Emma et Fanny, pour jouer avec elle.

Les trois Poupées se firent bien des civilités. Elles jouèrent à Colin-Maillard et à la Toilette-à-Madame jusqu'à l'heure du déjeuner.

On les mit à table. Le café fut servi dans de belles tasses d'étain fin brillantes comme de l'argent, et grandes comme des coquilles de noix.

C'était un plaisir de voir les Poupées prendre leur café bien proprement, sans en répandre une seule goutte sur leurs vêtements ou sur la table. Elles le laissaient aussi refroidir, et ne se brûlaient pas comme font quelquefois des petites filles de ma connaissance, parce qu'elles sont gourmandes et avides.

Les petites mamans étaient bien contentes d'avoir des enfants si sages et si raisonnables.

Après le déjeuner, les Poupées s'amusèrent à danser des rondes. Elles chantèrent, l'une après l'autre, de jolies chansons, dont le refrain se répétait en chœur.

Oh! comme le temps passait vite au milieu de tous ces amusements!

Quand elles furent lasses de danser, Madame Lisbelle leur permit d'aller jouer dans le jardin.

C'est là qu'il y avait de quoi se divertir! Des berceaux, des cabinets de verdure, des chaumières, un labyrinthe! Les Poupées jouèrent à cache-cache : quand l'une s'était cachée, les autres avaient bien de la peine à la trouver; mais quand elles l'avaient saisie, c'étaient des éclats de rire qu'on pouvait entendre de la maison.

Après cela, elles se mirent à poursuivre les papillons : celle qui en avait attrapé un appelait ses compagnes pour venir admirer ses ailes panachées et ses jolies ai-

grettes; mais souvent le petit pri-
sonnier s'échappait de ses doigts,
qu'il laissait couverts d'une pous-
sière brillante.

Ce qu'il y a de plus joli, c'est
que les trois Poupées ne se dis-
putèrent pas une seule fois.

Il y a pourtant des petites filles
assez sottes pour passer le temps
destiné à leur amusement, à se
quereller avec leurs compagnes.
Vous voyez que les Poupées avaient
bien plus d'esprit.

La promenade.

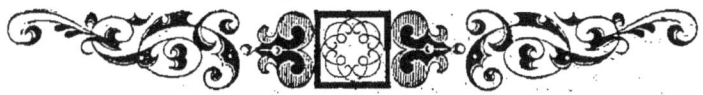

LA PROMENADE.

Je ne sais pas pour-
quoi les petites filles
sont si souvent méchan-
tes : elles doivent pour-
tant s'apercevoir qu'elles sont bien
plus heureuses quand tout le monde
est content d'elles.

Tout s'était fort bien passé jusque là ; mais Emma et Fanny n'é-

taient pas habillées. Leur maman
les appela, et Lolotte resta seule
dans le jardin.

Et voilà que, quand elle fut toute
seule, elle ne sut plus que faire pour
s'amuser. Elle se promenait de tous
côtés; mais elle ne trouvait plus
rien de nouveau : elle avait déjà
tout vu.

Elle arriva près du jardin de ses
petites amies : il était fort petit,
mais rempli des plus jolies fleurs.

Lolotte, pour se désennuyer, voulut faire un bouquet : elle cueillit
des roses, des renoncules, de belles
branches de giroflées, et se mit à les
arranger. Quand son bouquet fut
achevé, elle ne le trouva pas assez

beau ; elle jeta les fleurs et en cueillit d'autres.

Elle recommença tant de fois, qu'au bout d'une demi-heure le jardin fut dépouillé, toutes les fleurs brisées et foulées à ses pieds.

Emma et Fanny arrivèrent. Quand elles virent tout ce désordre, elles furent bien fâchées, et se mirent à pleurer.

Les mamans les suivaient. Céline gronda bien fort sa méchante Poupée, et ne voulut pas la laisser aller promener sur les boulevarts avec ses petites compagnes; elle la prit par la main, et la ramena chez elle.

Lolotte sentit bien cette fois

qu'elle avait mal fait; elle demanda pardon tout de suite, et
promit que cela ne lui arriverait
plus.

Quand elle fut à la maison, sa
maman la mena dans le jardin; elle
lui montra un joli parterre, arrangé
tout nouvellement « Voilà, lui dit-
elle, ce que je vous avais destiné;
je voulais que vous eussiez aussi
un jardin comme vos amies, et
c'est demain que je comptais vous
en faire présent; mais puisque
vous avez détruit celui qui ne
vous appartenait pas, vous ne mé-
ritez pas d'avoir celui-ci.

— Quoi! ma petite maman, vous
ne me le donnerez jamais? Si vous

saviez comme je vais être sage!

— Eh bien! il faut l'être pendant un mois, et ce joli parterre sera à vous.

— Un mois, maman, est-ce bien long?

— Long comme trente jours.

— Et trente jours, c'est beaucoup de jours?

— Je vais vous le faire comprendre. Combien avez-vous de doigts à vos deux mains?

— Dix. Je sais justement compter jusque là.

— Trente jours, c'est trois fois autant que vous avez de doigts, c'est-à-dire dix, et puis dix, et encore dix.

— Mais, maman, c'est un siècle.

— Vous parlez d'un siècle, est-ce que vous savez ce que c'est?

— Oui, maman, c'est tout ce qu'il y a de plus long.

— Ah! Lolotte, que j'ai encore de choses à vous apprendre! Mais patience, cela viendra; vous êtes encore bien petite, et nous avons le temps de devenir savante. »

Le gâteau.

LE GATEAU.

Oh! pour cette fois, Lolotte tint parole à sa maman. Elle fut si docile, si prévenante pour tout le monde, si attentive à ses devoirs, que jamais on n'avait vu une Poupée si aimable.

Cependant, à dîner, elle eut quelque sujet de prendre de l'humeur.

Un jeune cousin, que l'on avait chargé de la servir, l'oublia absolument. La maman, occupée à entretenir la compagnie, ne s'en apercevait pas. Lolotte avait bien envie de pleurer; mais elle renfonçait ses larmes, et attendait tranquillement qu'on pensât à elle. Une jeune demoiselle remarqua que c'était ordinairement M. C..... qui servait. Oui, dit Lolotte en poussant un grand soupir, et quand mon oncle servait, il ne m'oubliait pas, lui. Chacun regarda une petite Poupée si douce et si gentille; on lui donna de tout ce qu'il y avait de meilleur, et on l'accabla de caresses. C'est alors que Lolotte vit bien que l'on gagne toujours à être sage.

Lolotte n'aimait pas à travailler; cependant elle fit un grand bout sur sa jarretière, et le meilleur, c'est que c'était fort bien tricoté, et qu'il n'y avait pas une maille de coulée.

La maman, enchantée de sa petite fille, fit faire un beau gâteau qu'elle lui donna : il était couvert de petites dragées de toutes couleurs.

« Je vous remercie, ma petite maman, dit Lolotte; vous êtes bien bonne de me récompenser quand je fais mon devoir. »

Après cela, la Poupée enveloppa bien proprement son gâteau et le serra dans un tiroir.

« Comment, Lolotte, dit la maman, tu n'as pas envie de goûter à ce gâteau ?

— Oh! pardonnez-moi, j'en aurais bien envie.

— Eh bien! puisqu'il est à toi, tu peux bien en casser un morceau.

— Maman, c'est que je veux le garder pour demain. Emma et Fanny viendront me voir, et je serai bien aise de le partager avec elles.

« Elles sont peut-être fâchées contre moi, parce que j'ai brisé leurs fleurs. Cependant je les aime beaucoup, et je ne voulais pas leur faire du chagrin.

— Pourquoi donc as-tu dévasté leur parterre?

— Maman, c'est que je m'ennuyais.

— Et voilà, Lolotte, pourquoi je veux que tu apprennes à travailler. On ne peut pas toujours jouer, et quand les enfants n'ont rien à faire, ils s'amusent presque toujours à faire du mal.

« Quand tu sauras un peu coudre et que tu seras seule, tu feras pour toi-même tantôt une jolie robe, tantôt un tablier : cela t'occupera agréablement, et t'empêchera de faire bien des sottises.

— Vous avez raison, maman; je voudrais bien commencer tout

de suite. Voulez-vous bien me donner ce morceau de mousse-line et une aiguille enfilée ? »

La maman commença un ourlet, et Lolotte se mit à l'ouvrage. La petite faisait de trop longs points, et son ourlet allait tout de tra-vers. La maman la reprenait avec beaucoup de douceur, et lui mon-trait comment il fallait faire.

La prière.

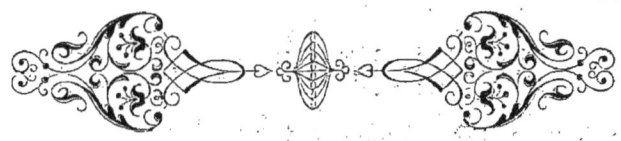

LA PRIÈRE.

L'heure étant venue d'aller coucher la Poupée, la petite maman n'oublia point de la faire mettre à genoux pour faire sa prière.

Mais Lolotte tournait la tête à droite et à gauche, et priait sans aucune attention.

« Ma fille, lui dit Céline, savez-
vous à qui vous parlez?

— Oui, maman; c'est au bon
Dieu : mais qu'est-ce qu'une petite
fille peut lui dire?

— Vous savez bien, Lolotte, ce
que vous devez à vos parents?

— Je dois les respecter et les
aimer; et c'est aussi ce que je
fais.

— Vous devez encore plus de
respect et d'amour au bon Dieu;
c'est pour cela que je vous apprends à lui rendre hommage
tous les jours.

« Quand votre papa ou votre maman vous donnent quelque chose,
vous les remerciez bien vivement?

— Oh ! oui, maman ; c'est bien
naturel.

— Il est bien naturel aussi de
remercier Dieu qui vous comble
de bienfaits.

— Moi ! maman : est-ce que le
bon Dieu me donne quelque chose?

— Qui est-ce qui vous donne le
pain que vous mangez? les fruits
et les gâteaux que vous trouvez si
bons? Qui est-ce qui vous donne
vos habits et un bon lit pour vous
coucher?

— Maman, c'est vous qui m'a-
chetez tout cela.

— Et si le bon Dieu ne faisait
pas venir du blé, dont on fait de
la farine et du pain, pourrais-je

vous en donner? S'il ne faisait pas
croître et mûrir les fruits sur les
arbres, pourrais-je en acheter pour
votre déjeuner? C'est lui qui a fait
les moutons qui ont fourni la laine
de votre robe de mérinos. Il fait
aussi venir sur de petits arbres le
coton dont on fait vos chemises et
votre robe de percale. Vous voyez
bien que c'est le bon Dieu qui vous
donne tout ce que vous avez.

— Je suis bien aise de savoir
cela : je ne serai plus embarrassée
pour lui parler. Je lui dirai que
je l'aime de tout mon cœur et que
je le remercie.

— Vous avez encore bien d'autres choses à lui dire.

— Quoi donc, maman?

— Que faites-vous quand vous avez été méchante, et que je suis fâchée contre vous?

— Je pleure, et je vous demande pardon.

— Mon enfant, vous faites souvent des choses qui fâchent le bon Dieu. Quand vous vous mettez en colère, quand vous êtes gourmande, surtout quand vous mentez, vous l'offensez beaucoup.

— C'est vrai ; ainsi je dois aussi lui demander pardon, et lui promettre d'être plus sage.

— Bien, ma fille. Mais quand vous avez envie d'avoir quelque chose, comment faites-vous?

— Maman, je vous prie de me le donner.

— C'est aussi ce qu'il faut faire à l'égard du bon Dieu.

— Mais je n'ai rien à lui demander; j'ai tout ce qu'il me faut.

— Écoutez, Lolotte : c'est Dieu qui nous a faits; c'est lui aussi qui nous conserve la vie qu'il nous a donnée : quand vous n'auriez à lui demander que de conserver vos bons parents, c'est déjà beaucoup.

— Vous avez raison, maman; je vais me remettre à genoux, et faire ma prière de tout mon cœur. Oh! que j'ai de choses à dire au bon Dieu! »

Bonsoir, maman!

BONSOIR, MAMAN.

La maman déshabilla la Poupée pour la mettre au lit. Laurette, apparemment distraite, oublia son rôle, et ne lui fit rien dire.

« Voilà qui est fort joli ! dit Céline, une petite fille qui va se coucher sans souhaiter le bonsoir à sa maman !

— Ah! ma petite maman, ayez la bonté de me pardonner; c'est que j'ai bien envie de dormir. Bonsoir, maman; bonne nuit! »

Céline tira les rideaux du petit lit, et les deux sœurs s'assirent.

« Eh bien! ma sœur, dit Laurette, crois-tu que maman sera contente de l'éducation que nous donnons à notre Poupée?

— Mais oui; je le crois. Nous la punissons quand elle fait mal; nous la récompensons quand elle est sage; nous ne pouvons pas mieux faire.

— Elle a été un peu méchante aujourd'hui; demain elle ne le sera pas tant. Il faut faire comme si la raison lui venait.

— N'est-ce pas que nous nous amusons bien plus que les petites filles qui ne savent qu'habiller et déshabiller leurs Poupées?

— Oui; mais j'ai peur que notre Lolotte soit bien ignorante.

— Pourquoi donc, Laurette?

— C'est que nous ne pouvons lui apprendre que ce que nous savons, et ce n'est pas grand' chose.

— C'est vrai; mais il y a remède à cela. Nous ne sommes pas toujours attentives à nos leçons : il faut nous corriger et devenir habiles, pour instruire notre Poupée.

— Et aussi écouter les conversations des personnes raisonnables, au lieu de les étourdir de notre babil.

— Tu as raison. Si je n'avais pas écouté ce qu'on disait dimanche au soir, je ne saurais pas que le coton vient de la graine d'un petit arbre qui croît en Amérique, et je n'aurais pas pu le dire à la Poupée.

— On va bientôt nous coucher aussi. Pense bien à ce que tu feras dire et faire demain à Lolotte. C'est toi qui imagines : c'est le plus difficile; mais c'est aussi le plus joli.

— Est-ce que tu aimerais mieux faire la petite que la maman? Si tu le veux, je te céderai mon rôle.

— Non, ma bonne Laurette, tu es

trop complaisante. D'ailleurs, ce rôle te convient mieux, car tu as plus d'esprit que moi.

— Non, Céline; mais toi, tu es plus raisonnable. »

Madame Blançai entra dans ce moment : elle avait entendu l'entretien de ses filles; elle les embrassa tendrement. « Mes enfants, leur dit-elle, je suis très-contente de vous ; surtout votre touchante union me cause la plus vive joie. Voilà un petit carrosse pour promener votre Poupée dans le jardin. Continuez-lui vos leçons, et elle sera appelée à juste titre :

LA POUPÉE BIEN ÉLEVÉE.

LA
LANTERNE MAGIQUE

DES PETITS ENFANTS.

LA

LANTERNE MAGIQUE

DES PETITS ENFANTS.

Premier Tableau.

LA COUVÉE DE POULETS.

La petite demoiselle que représente ce tableau s'avisa un jour de penser qu'il était bien désagréable de n'avoir point d'argent, et d'être obligée de recourir toujours à sa mère, au risque de paraître importune, pour se procurer mille petites bagatelles dont elle avait souvent besoin. A force d'y rêver, elle imagina un moyen de remédier à cet inconvénient, et de se faire un petit capital qui lui serait propre. Elle alla donc trouver Madame Argines, sa mère, et lui dit :

« Ma chère maman, si je vous demandais ce matin un œuf frais pour mon déjeuner, me l'accorderiez-vous ?

MADAME ARGINES.

De tout mon cœur, ma chère Delphine.

DELPHINE.

Et si je vous priais de m'en
donner un autre demain matin,
l'obtiendrais-je encore ?

MADAME ARGINES.

Assurément : c'est une nourriture
saine et très-facile à se procurer,
surtout dans cette saison.

DELPHINE.

Si j'avais la fantaisie d'en manger
encore après - demain, le jour sui-
vant, et enfin pendant douze ou
quinze matins de suite, votre patience ne se lasserait-elle pas de
me voir si constamment le même
goût ?

MADAME ARGINES, *en riant.*

Je crois, à te parler vrai, que ce ne serait pas moi qui me lasserais la première de cette persévérance. Mais tu me fais là de singulières questions : à quoi tendent-elles, je te prie?

DELPHINE.

Je voudrais, maman, que vous me donnassiez tout de suite les quinze œufs de mes déjeuners, dussé-je me résigner à manger mon pain sec pendant autant de jours.

MADAME ARGINES.

J'aurais bien mauvaise grâce de me refuser à un arrangement si raisonnable ; cependant je serais curieuse de savoir ce que tu as le projet de faire de tous ces œufs.

DELPHINE,

Mon projet est de les faire couver par une poule, de les élever, et de les vendre pour me procurer de l'argent.

MADAME ARGINES.

De l'argent! quel besoin peut en avoir une petite fille de ton âge? Ne suis-je pas là pour te donner tout ce qui t'est nécessaire?

DELPHINE.

Cela est bien vrai, maman; mais,

malgré vos bontés, il est mille occa-
sions où je trouve qu'il me serait
agréable d'avoir une bourse qui fût
à moi. La crainte de vous importuner m'empêche souvent de vous demander diverses bagatelles qui me
manquent, telles que du fil, des aiguilles, des épingles, qui se perdent
si facilement, et dont on ne peut
pourtant guère se passer; enfin, ce
serait pour moi un double plaisir
d'avoir de l'argent, et de le gagner
de la manière que je me le propose.

MADAME ARGINES.

Eh bien! ma fille, qu'à cela ne
tienne; j'y consens d'autant plus
volontiers, que tu t'apprendras à

devenir soigneuse et entendue
dans le ménage. Je te donne
non-seulement quinze œufs, mais
même dix-huit, car une poule
peut en couver autant, et j'en-
tends que tes déjeuners n'en souf-
frent pas. C'est une première mise
dont je te fais présent pour le fon-
dement de ton petit commerce, à
la condition toutefois que tu te
chargeras seule de la peine, et que
tu ne détourneras point les domestiques de leurs occupations pour
t'en dispenser.

DELPHINE.

Soyez tranquille, ma chère maman; je serais bien fâchée que per-

sonne que moi se mêlât de ma
couvée. J'ai observé plusieurs fois
comment on s'y prend pour faire
éclore des poulets, et je crois pou-
voir vous assurer que mon affaire
ira bien. »

Madame Argines, suivie de la
petite demoiselle qui sautait de
joie, alla prendre dix-huit œufs
des plus beaux et des plus frais
qu'elle eût, les rangea doucement
dans une corbeille, et les remit à
sa fille, avec une poule qui ne de-
mandait qu'à les couver. Delphine
mit celle-ci dans son tablier; puis,
prenant à son bras la corbeille
remplie d'œufs, elle prépara un
nid avec du foin, qu'elle arrondit

de son mieux, dans un réduit ob-
scur et tranquille, mit les œufs dans
le fond du nid, et la poule par-des-
sus, en la flattant de la main. La
poule, qui était douce et familière,
les adopta aussitôt, se gonfla pour
se faire plus grosse, étala ses ailes,
et poussa avec son bec les œufs
sous ses plumes, afin de les mieux
réchauffer; elle formait un petit
gloussement qui est propre à ces
animaux lorsque le soin de leur
famille les occupe. Delphine, la
voyant tranquille sur le nid, ferma
soigneusement la porte, et s'en alla
vaquer à ses devoirs ordinaires. Pendant les vingt-un jours que dura
l'incubation, la petite ménagère ne

manqua pas de porter soir et matin
du grain et de l'eau à la couveuse,
de la lever même de dessus ses
œufs pour lui faire prendre l'air
un moment; car la poule était si
attachée à son nid, qu'elle y serait
morte de faim et de soif sans ces
précautions. Delphine admirait sa
constance. « C'est une chose sur-
prenante, disait-elle à sa mère,
que le changement subit qui s'est
opéré dans le naturel de cette
poule. Autant elle aimait à se
promener, à s'écarter çà et là
pour chercher des grains ou
des vermisseaux, autant elle se
montrait ardente à la pâture, autant elle est devenue sédentaire

et indifférente pour sa propre vie.
Si encore elle avait des petits, je
comprendrais mieux sa sollicitu-
de; mais ce qu'elle aime avec tant
de passion, ce sont des objets qui
n'ont aucune apparence de vie.
Saurait-elle aussi bien que nous
que ces œufs, au bout d'un certain temps, deviendront de petits
poulets?

MADAME ARGINES.

Il serait assez difficile de répondre à cela. Ce qu'il y a de certain,
c'est que ta poule est tout aussi
instruite qu'il le faut pour remplir
les intentions de la nature, et
c'est moins son instinct qu'il

6

convient d'admirer en ceci, que les
moyens aussi simples qu'étonnants
avec lesquels la sagesse divine conserve et entretient ses ouvrages. »

Le matin du vingtième jour,
Delphine remarqua avec joie que
les coquilles de ses œufs étaient,
pour la plupart, brisées à l'un des
bouts. C'étaient les petits poulets
qui, parvenus à leur maturité, faisaient des efforts pour sortir de
cette étroite prison. Ils y réussirent
assez promptement, à l'exception
de deux qui, s'étant trouvés apparemment trop faibles, périrent dans
la coquille, comme cela arrive quelquefois. A mesure qu'ils naissaient,
Delphine, se souvenant de ce qu'elle

avait vu faire, les ôtait de dessous
la poule, dans la crainte qu'elle ne
les étouffât, et les mettait au fond
d'une corbeille avec de la plume,
pour les tenir chaudement. Toute la
couvée s'étant convertie en poulets,
elle les confia tous à leur mère,
qui commença à déployer de nou-
veaux talents et une nouvelle éner-
gie pour la conservation de sa famille. Elle leur fit faire de petites
promenades, qu'elle proportionnait
chaque jour à leurs forces, les ap-
pelant presque à chaque pas pour
leur distribuer la pâture qu'elle ren-
contrait, et les abritant souvent sous
ses ailes. C'était un véritable plaisir
de voir tous ces petits poulets dis-

paraître sous les plumes de leur
mère, ou ne montrer que leur jolie tête ornée de deux yeux vifs et
brillants. Sous cet abri maternel,
aucun danger ne pouvait les attein-
dre, tant la poule était devenue
prévoyante et courageuse! Delphine,
quoiqu'elle fût bien connue d'elle,
l'avait éprouvé à ses dépens, et n'a-
vait point été exempte de quelques
coups de bec; mais, loin de s'en for-
maliser, elle redoubla tellement de
zèle, que la couvée accourait à sa
voix pour recevoir sa nourriture.
Madame Argines, témoin de l'active
persévérance de sa fille, lui en ex-
prima sa satisfaction.

« Tu peux dire, poursuivit-elle,

que cette couvée t'appartient légiti-
mement : c'est une propriété que tu
dois à tes soins, et que personne ne
peut raisonnablement te disputer.
Maintenant, si tu veux me vendre
tes poulets, je te les paierai ce qu'ils
valent.

DELPHINE.

Vous ne pouviez me faire une
proposition plus agréable. Combien
m'en donnerez-vous, maman?

MADAME ARGINES.

Je pense que tes seize poulets, à
l'âge qu'ils ont, peuvent valoir vingt
sous la paire. Vois ce que cela fait
au total.

DELPHINE.

Il y en a huit paires : à vingt
sous, cela fait huit francs.

MADAMÉ ARGINES.

Le compte est juste.

DELPHINE.

Oh! que je vais être riche! Cet
argent sera à moi, à moi seule ?

MADAME ARGINES.

Je n'y prétends rien, absolument,
tu peux en disposer à ta volonté.
Seulement je serais flattée que tu
eusses assez de confiance en moi
pour me faire part de tes projets.

DELPHINE.

Croiriez-vous, maman, que depuis

deux mois, c'est-à-dire depuis que
j'ai mis la poule couver, je songe à
ce que je ferai de mon argent, sans
savoir encore à quoi m'arrêter? Aujourd'hui je me décide pour une
chose et demain pour une autre.

MADAME ARGINES.

C'est que tu n'as réellement besoin de rien. Attends que ce besoin
se fasse sentir, et tu seras bientôt
décidée.

DELPHINE.

Ce n'est pas cela, c'est plutôt que
plusieurs objets me tentent égale-
ment, et que je ne sais auquel donner la préférence. Par exemple, je

meurs d'envie d'avoir une belle poupée.

MADAME ARGINES.

Il me semble que tu me parlais d'abord d'acheter du fil, des aiguilles et des épingles.

DELPHINE.

Oh! il me restera toujours bien de quoi avoir ces bagatelles, et puis je n'en manque point encore, et en ménageant les miennes mieux que je n'ai fait jusqu'à ce jour, je n'en aurai pas besoin de sitôt; au lieu que ma poupée est vieille, vilaine, et je serais fort heureuse d'en avoir une autre.

MADAME ARGINES.

Eh bien! ma fille, d'après nos conventions, tu es parfaitement libre d'acheter une poupée.

DELPHINE.

Oui, mais j'aurais aussi grand besoin d'un *nécessaire*, comme celui de ma cousine Coralie, pour serrer mon dé, mon étui et mes ciseaux, qui, faute d'un endroit pour les mettre, se trouvent souvent tantôt d'un côté, tantôt d'un autre, au risque de se perdre. Si je me décide pour le *nécessaire*, il faut renoncer à la poupée, et c'est ce qui m'embarrasse.

MADAME ARGINES.

Je ne puis que t'exhorter à y réfléchir mûrement. Tu sais qu'on ne
gagne pas huit francs dans un jour ;
c'est pourquoi il est bon de ne point
s'en défaire trop légèrement. Rien
ne te presse, tu seras toujours la
maîtresse de les dépenser quand tu
voudras. »

Madame Argines, après cet entretien, se renferma pour écrire
quelques lettres, et Delphine ayant
mis dans une bourse les huit francs
qu'elle venait de recevoir, alla se
promener, en rêvant à l'usage
qu'elle en ferait. Après avoir mar-
ché quelque temps, elle s'assit sous

un marronnier, ayant à sa droite
un bosquet qui la séparait d'une
cabane dont le toit et la fumée s'é-
levaient un peu au-dessus des arbres. Là, Delphine tira sa bourse
de la petite poche de son tablier, et
se mit à compter son argent; mais
elle le serra bien vite, en entendant
parler du côté de la cabane : car
déjà la possession de ce petit trésor
commençait à éveiller sa défiance.
Quoiqu'elle ne vît point ceux qui
parlaient, à cause du bosquet planté
devant la cabane, elle comprit que ce
devait être une femme et un enfant.

« Veux-tu bien m'obéir, disait la
femme, et prendre ce bissac sur ton
épaule?

L'ENFANT.

Commandez-moi toute autre chose, car pour cela, je n'en ferai rien.

LA FEMME.

Indocile enfant! tu mériterais que je t'accablasse de coups. Ne suis-je pas ta mère, et ne dois-tu pas m'être soumis en tout?

L'ENFANT.

Je le sais bien, et jusqu'à présent vous ne m'avez rien ordonné que je ne l'aie fait aussitôt; mais quand vous me tueriez sur la place, je ne saurais faire ce que vous exigez de moi aujourd'hui, j'en aurais trop de honte.

LA FEMME.

Et tu n'as pas de honte de laisser mourir de faim ton pauvre père, sans parler de moi-même? car je t'ai fait voir qu'il n'y a plus de pain dans la maison. J'ai eu beau ménager; depuis quinze jours qu'il est malade, et que les soins qu'il exige m'empêchent de travailler de mon côté, nos provisions se sont épuisées; nous voilà sans pain, sans farine et sans argent pour en acheter. Puisque tu es encore trop petit pour en gagner par ton travail, n'est-il pas juste que tu ailles nous chercher de quoi vivre?

L'ENFANT.

Vous en chercher! et de quelle manière? en tendant la main de porte en porte! Non, non, je n'irai pas.

LA FEMME, *en pleurant.*

Eh bien! méchant enfant, puisque tu es si dur envers nous, qui avons pris tant de soin de ton enfance; envers nous, qui, non-seulement aurions tendu la main pour te conserver la vie, mais qui t'aurions nourri de notre sang, s'il l'eût fallu, je vais prendre moi-même ce bissac et aller mendier du pain. Si ton pauvre père meurt pendant mon absence, je n'en accuserai que toi.

L'ENFANT, *pleurant à son tour*.

Non, maman, vous n'irez pas; dussé-je en mourir de chagrin, donnez-moi le bissac, et demeurez auprès de mon père. »

Delphine n'avait pas perdu un mot de cette conversation, qui lui causa un profond attendrissement. Elle vit sortir du bosquet un petit garçon d'environ huit ans, proprement habillé de toile blanche, un bâton à la main, ayant sur les épaules le fatal bissac, et marchant en pleurant, les yeux baissés. Delphine s'avança vers lui, et lui demanda où il allait. À cette question, le pauvre enfant ne sut que répondre.

« Moi, je le sais, reprit Delphine;
j'ai entendu tout ce que ta mère te
disait. Ne va pas plus loin, mon petit ami; porte cet argent à ta mère,
et dis-lui qu'elle achète du pain, je
ne tarderai pas à revenir. »

Le petit garçon, fort joyeux, prit
l'argent et s'en retourna dans sa
cabane. Delphine, encore plus satisfaite que lui, courut de son côté
trouver Madame Argines, et lui demander pardon d'avoir disposé de
sa bourse sans prendre le temps
de l'en prévenir; mais elle ne lui
eut pas plus tôt raconté cette aventure, que Madame Argines l'embrassa avec tendresse, en la fé-
licitant d'avoir si bien placé son

petit capital. Elles partirent ensemble pour la cabane, où leur présence tira d'inquiétude la mère du petit garçon, qui n'osait faire usage des huit francs qu'il lui avait apportés. Delphine prit tant de goût à ce premier acte de bienfaisance, que, quand elle aurait eu le prix de dix couvées de poulets, elle n'aurait plus été en peine d'en faire le placement.

LA PÉNITENCE PARTAGÉE.

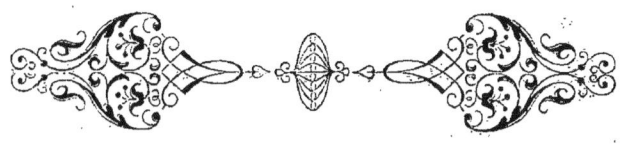

Les soins et les ca-
resses d'une mère ont
quelque chose de si doux
et de si précieux, qu'on
ne saurait assez plaindre le sort des
enfants qui s'en trouvent privés de
bonne heure. La jeune Clémentine

eut le malheur de perdre la sienne
avant l'âge de huit ans, ce qui fut
cause qu'on la mit en pension trois
mois après; car son père, malgré la
vive amitié qu'il avait pour elle,
aima mieux s'en séparer que de la
laisser entre les mains de femmes
de chambre. Il la plaça près d'une
dame fort respectable, bien digne
de tenir lieu de mère aux jeunes
demoiselles qu'on lui confiait, et
dont le pensionnat passait pour
l'un des meilleurs de la ville. Là,
Clémentine se trouva dans la compagnie d'une douzaine de petites
filles de son âge, avec lesquelles
elle se sentit d'abord assez mal à
son aise, parce qu'elle ne les con-

naissait pas, mais qu'elle ne tarda
pas à regarder comme autant de
sœurs lorsqu'elles furent accoutu-
mées à vivre ensemble. Celle qu'elle
affectionna plus particulièrement
était la fille d'un avocat, nommée
Henriette, petite demoiselle pétu-
lante, étourdie, parfois un peu trop
volontaire, mais à qui son bon cœur
faisait pardonner beaucoup de choses. A l'arrivée de Clémentine, elle
fut la première à combattre sa timidité par toutes sortes de préve-
nances, au lieu d'augmenter son
embarras en prenant un petit air
moqueur, comme font assez souvent
les pensionnaires à l'égard des nouvelles venues. Cette conduite bien-

veillante d'Henriette lui gagna tellement le cœur de Clémentine, qu'elles devinrent par la suite inséparables. Toutes les fois que l'une d'elles obtenait la permission d'aller passer une journée dans sa famille, il fallait accorder aussi à l'autre la liberté de l'y accompagner.

Il y avait dans le pensionnat une Minerve en plâtre qui décorait la salle d'étude. Cette petite statue, haute d'un pied, était fort révérée de toutes les pensionnaires, auxquelles la maîtresse la recommandait souvent, en leur expliquant le rang et les vertus que lui prêtait l'ancienne mythologie.

« Mesdemoiselles, leur disait-elle,

cette fausse divinité, qui avait au-
trefois des temples magnifiques,
mais dont on ne se sert plus que
pour l'ornement, depuis que nous
savons que le vrai Dieu mérite seul
des autels, présidait aux vertus les
plus nécessaires à notre sexe : la
sagesse et l'industrie. Minerve passait pour avoir enseigné aux femmes l'art de fabriquer des étoffes
et de les enrichir de broderies.
Que ce ne soit qu'une invention
des siècles passés, ou qu'il y ait
eu réellement une femme nommée Minerve qui ait rendu ce
service à ses compagnes, cette statue n'en est pas moins propre à
vous faire ressouvenir qu'il n'y a

rien de plus honorable pour nous
que d'être sages, adroites et labo-
rieuses. Comme elle est composée
d'une matière fragile, je vous dé-
fends expressément d'y toucher, de
peur de l'endommager; je ne crois
même pas qu'il soit utile d'ajouter
que j'attache beaucoup de prix à sa
conservation; ma recommandation
doit vous suffire. »

Les pensionnaires n'avaient garde, d'après une pareille harangue,
de toucher la Minerve seulement
du bout du doigt; et il y avait déjà
plusieurs années qu'elle demeurait
intacte dans la salle d'étude, lorsqu'un jour Clémentine s'y trouvant
seule, et voulant prendre un livre

posé sur une tablette au-dessus de
la statue, le laissa tomber sur le
bras droit de la Minerve, qui se
cassa en deux pièces. Cet accident
déconcerta d'autant plus Clémentine, qu'il était le résultat de sa
paresse; car elle l'eût évité en se
servant d'une petite échelle con-
struite exprès pour s'élever jusqu'aux livres placés dans les rayons
supérieurs. Elle demeura un moment éperdue, sans savoir ce qu'elle
devait faire; mais enfin, personne ne
survenant, contre toute apparence,
elle releva les deux morceaux du
bras endommagé, les replaça l'un
contre l'autre dans les mêmes an-
gles, et parvint à raccommoder ce

bras si adroitement qu'il n'y paraissait rien. Quoique tout cela ne fût pas bien solide, comme on ne dérangeait jamais la Minerve, Clémentine espéra qu'on ne s'apercevrait point de ce qui venait d'arriver. Personne, en effet, ne s'avisa de remarquer si la statue était entière ou non; la maîtresse n'y regarda pas de plus près que les autres, de sorte que Clémentine en fut quitte pour la peur; mais elle ne confia son aventure à aucune pensionnaire, pas même à Henriette, moins cependant par défiance que parce qu'elle était naturellement fort discrète. Il y avait déjà longtemps qu'elle ne songeait plus à la Minerve, lorsque son papa vint la chercher pour assister aux funérailles d'un parent qui leur laissait un riche héritage. Cette circonstance assez triste fut cause qu'Henriette ne suivit pas son amie comme à l'ordinaire; et de plus, la cérémonie se faisait à quelques lieues de là.

Pendant l'absence de Clémentine, un jour qu'il faisait mauvais temps, les pensionnaires, réunies dans une salle voisine de la salle d'étude, s'amusaient à former une procession en portant des images, à l'imitation de ce qui se pratique dans certaines cérémonies religieuses. Quelques-unes prirent leurs poupées, comme si elles eussent été des statues de Saintes. La maîtresse du pensionnat dînait ce jour-là en ville; il ne restait à sa place qu'une sous-maîtresse dont les petites filles ne se souciaient guère. Henriette, plus hardie que les autres, leur proposa de prendre la Minerve, qui figurerait mieux que leurs poupées dans une procession. Ses compagnes se récrièrent sur ce projet audacieux, et lui rappelèrent la défense qu'on leur avait faite, en déclarant qu'aucune d'elles ne serait assez téméraire pour l'enfreindre. Henriette leur répliqua que, pourvu qu'elles ne la trahissent point, elle se chargeait de

porter la statue et de la remettre
à sa place sans accident, et sans
qu'on se doutât jamais de sa désobéissance. Pour mieux échapper
à la surveillance, elle alla fermer
en dedans la porte de la salle, où
la sous-maîtresse pouvait entrer à
chaque instant; puis prenant la
Minerve avec précaution, elle la
promena en triomphe pendant dix
minutes, au grand scandale des autres pensionnaires, qui ne voulurent point participer à cet acte de
désobéissance. La gravité des mou-
vements d'Henriette, durant ce jeu,
fut cause que le bras raccommodé
tint bon; mais, au son de la voix
de la maîtresse qui s'approchait, la

petite indocile voulut se hâter de remettre la Minerve à sa place; alors le bras se détacha, tomba avec bruit sur le plancher, et se brisa en mille morceaux. En même temps la maîtresse ordonna si positivement de lui ouvrir la porte, qu'on s'empressa de lui obéir. Elle vit Henriette consternée, tenant entre ses mains la statue, et regardant avec confusion les morceaux brisés à ses pieds. Aucune excuse ne se présentait à sa pensée; car, dans le trouble où elle était, elle s'imaginait avoir heurté le bras de la Minerve contre les tablettes de la bibliothèque, et toutes ses compagnes le croyaient comme elle.

« Voilà donc, mesdemoiselles, le cas que vous faites de mes défenses, leur dit la dame d'un ton sévère; non-seulement vous méprisez mes ordres, mais vous prenez de coupables précautions pour échapper à la surveillance de la personne à laquelle je vous confie! Une pareille rébellion mérite que je m'en plaigne à vos parents. »

Les jeunes pensionnaires, alarmées de cette menace, répondirent que, bien loin d'avoir partagé la faute d'Henriette, elles avaient essayé, au contraire, de l'en détourner; et Henriette, de son côté, ne put s'empêcher de convenir qu'elle était la seule coupable.

« C'est au moins une consola-
tion pour moi, reprit la dame,
de n'en avoir qu'une à punir. »

Elle condamna Henriette à de-
meurer à genoux pendant l'heure
du repas, trois jours de suite, ayant
sur la poitrine un écriteau où on
lirait en gros caractères : *Pour avoir
été désobéissante.* Cette peine était
la plus grande humiliation qu'une
pensionnaire pût recevoir, parce
qu'elle se voyait ainsi exposée aux
regards de tout le monde, même
des domestiques qui servaient à table : mais la désobéissance est aussi
une faute très-préjudiciable à la
jeunesse, qui, ne sachant point encore se gouverner, ne peut mar-

cher dans le bon chemin qu'autant que sa docilité s'y prête.

Clémentine revint au pensionnat le jour même que devait commencer la pénitence de son amie. Comme on connaissait sa vive affection pour elle, personne n'osa lui raconter son malheur, et Henriette elle-même, toute honteuse de sa faute, ne trouva point le courage d'en ouvrir la bouche. Clémentine fut donc aussi surprise qu'affligée, lorsque chacune eut pris sa place à table, de voir Henriette se mettre tristement à genoux au milieu du réfectoire, avec le funeste écriteau qu'on lui passa autour du cou, comme un médaillon. Elle se pencha à l'oreille d'une de ses compagnes, et lui demanda, les larmes aux yeux, ce qu'avait fait la pauvre pénitente. A peine eut-elle reçu l'explication qu'elle désirait, que, se levant de table, elle alla se mettre à genoux auprès d'Henriette, en lui disant :

« Ma bonne amie, ce n'est pas toi qui as cassé le bras de la Minerve, c'est moi; ainsi je dois supporter seule la punition. »

Mais la maîtresse, après s'être fait raconter l'événement dont voulait parler Clémentine, lui dit que son aveu ne pouvait justifier Henriette; qu'on la punissait moins pour avoir brisé la statue que pour son indocilité et sa désobéissance.

Néanmoins Clémentine, persuadée
qu'elle était la première cause de
la punition humiliante de son
amie, et se repentant de ne lui
avoir point confié un accident qui
l'en aurait sans doute préservée,
demanda instamment à partager
ses trois jours de pénitence. La
maîtresse le lui accorda, afin de
ne point priver ses autres élèves de
cet exemple d'une généreuse amitié; mais comme la jeune Clémentine s'était toujours montrée fort
soumise, elle ne voulut point souf-
frir qu'elle portât aussi l'écriteau.

LES NOISETTES.

Un beau jour de dimanche, dans la saison où les noisettes sont mû-res, la fermière Mathurine appela son petit garçon qui jouait dans la cour avec un chien deux fois plus gros que lui.

« Viens çà, Pierrot, que je t'habille, lui dit-elle; ne songes-tu plus au chemin que tu as à faire aujourd'hui?

PIERROT.

Si fait, ma mère, j'y pense, et je serais bien fâché de l'oublier.

MATHURINE.

Moi, je crois que tu aimerais mieux jouer tout aujourd'hui avec notre chien Rustaud, que de porter un présent à ta petite marraine.

PIERROT.

Maman, vous croyez mal, je

vous assure; Rustaud est mon bon
ami, mais je lui préfère ma jeune
marraine, qui est une petite demoiselle pleine de bontés pour moi.

MATHURINE.

Laisse-moi donc te débarbouiller
et te mettre ton habit neuf, afin que
tu sois plus digne de te présenter
au château avec un panier de noisettes que tu porteras à ta marraine. »

La fermière se mit aussitôt en
devoir de faire la toilette à son petit garçon, qui, à chaque pièce, se
pavanait d'aise, et laissait éclater
sa joie d'avoir un bel habit tout
neuf. Lorsqu'il fut prêt, Mathurine

appela les deux frères de Pierrot,
Jacques et Nicolas, qui devaient l'accompagner dans le chemin, parce
que le petit garçon n'ayant encore
que six ans, sa mère le trouvait
trop jeune pour aller tout seul;
puis elle lui remit un petit panier
plein de noisettes, recouvert avec
soin d'une serviette blanche, lui
donna un baiser, et lui recommanda
d'être bien sage et bien poli avec
sa petite marraine. Les trois frères
s'étant mis en route, Jacques
voulut prendre le panier pour en
soulager Pierrot; mais celui-ci,
tout fier de son présent, refusa de
s'en dessaisir. Au bout d'un quart
de lieue, comme ils passaient dans

le voisinage d'un ruisseau, ils aperçurent de loin un de leurs camarades qui pêchait des écrevisses. Nicolas dit à Jacques :

« Allons voir si Martin fait une bonne pêche.

— J'y consens, répondit Jacques; mais il faut que Pierrot vienne avec nous.

— Non pas, s'il vous plaît, repartit le petit garçon. Moi, qui ne me soucie point de la pêche de Martin, je continuerai tout doucement ma route. Vos jambes sont plus longues que les miennes, vous m'aurez bientôt rattrapé. »

Les deux frères le laissèrent aller, et s'en furent causer un mo-

ment avec le pêcheur. Pendant que
Pierrot s'achemine gravement, en
méditant dans sa petite cervelle ce
qu'il dirait à sa marraine, deux cousins de celle-ci, qui étaient venus
passer quelques jours à la campagne, se promenaient aux environs
du château. Ces deux cousins étaient
de fort mauvais sujets, méchants,
menteurs, gourmands et fanfarons.
On les nommait Gaspard et Cyprien. Leur plus grand plaisir était
de faire des niches aux autres; ils
se glorifiaient de leurs malices,
comme les enfants bien élevés s'ap-
plaudissent de leurs bonnes actions,
et se les racontaient l'un à l'autre, y
mêlant toutes les faussetés que leur

mauvais esprit leur suggérait. Ils
aimaient surtout à se vanter de leur
courage et de leur audace, quoiqu'ils n'en eussent que pour faire
le mal impunément. A les entendre, c'étaient deux petits foudres
de guerre, car ils pouvaient d'autant mieux s'en imposer mutuellement que, n'étant point frères,
ils ne suivaient point leurs études
dans le même collége. Le jour qu'ils
se promenaient aux environs du
château, comme je viens de le
dire, leur conversation roulait pré-
cisément sur leurs prétendues
prouesses.

« Pour moi, disait Gaspard,
quoique je ne sois pas bien grand,

j'ai une force prodigieuse pour mon âge, et le concierge de notre collége pourrait t'en donner des nouvelles. Il s'avisa un jour de vouloir me faire tomber, pour favoriser un autre écolier qui m'avait défié à la course. D'un croc-en-jambe, je l'étendis par terre, puis, lui sautant à genoux sur le ventre, je le contins si fortement, qu'il fut obligé de me crier miséricorde.

CYPRIEN.

Cela est fort, et je n'en ferais peut-être pas autant; mais pour l'agilité, je n'ai pas mon pareil en France. Je renverse six

écoliers, avant que le premier se
soit aperçu de sa chute. »

Pendant que ces petits fanfarons s'escrimaient ainsi de la lan-
gue, ils aperçurent Pierrot, que
son malheur amenait à leur rencontre.

« Voilà, dit Cyprien, un petit
drôle qui, si je ne me trompe,
va porter quelque présent; si c'est
quelque chose qui nous convienne,
mon avis est de l'empêcher d'aller plus loin.

— C'est le mien aussi, répondit Gaspard ; je sens mon courage s'allumer, tentons cette aventure. »

Puis s'avançant ensemble vers

Pierrot, que leur contenance hos-
tile avait fait s'arrêter au milieu
du chemin, ils lui demandèrent
d'un ton insolent ce qu'il portait
dans son panier.

PIERROT.

« Messieurs, ce sont des noisettes.

GASPARD.

Comment, des noisettes ! je n'en
ai pas encore vu de l'année.

CYPRIEN.

Pourquoi n'ajoutes-tu pas, petit
rustre, qu'elles sont fort à notre
service ?

PIERROT.

C'est qu'elles ne sont pas pour vous, ne vous en déplaise ; c'est un présent que je vais porter à ma petite marraine.

GASPARD.

Tu es un plaisant original ! ne valons-nous pas bien ta marraine, quelle qu'elle soit ?

CYPRIEN.

Si tu veux qu'elle mange des noisettes, tu lui en porteras d'autres ; car pour celles-ci, elle n'en goûtera pas une.

En parlant ainsi, ils ôtèrent à

Pierrot son panier, malgré les efforts qu'il faisait pour le retenir.
Désespéré de n'être pas le plus
fort , le petit paysan les traita
de voleurs de grand chemin; ce
qui fut cause que les mauvais sujets le battirent, et lui déchirèrent
son habit neuf. Pierrot se mit à
fuir en pleurant, se retournant
pour les menacer du poing de
temps à autre d'une manière si
comique, qu'ils en riaient de
tout leur cœur. Après cette expé-
dition, les garnements se mirent
à manger les noisettes, ne pen-
sant pas avoir rien à craindre.
Tout à coup ils virent paraître
devant eux deux jeunes paysans

alertes et vigoureux, qui leur demandèrent d'un ton moqueur
combien ils avaient payé ces
noisettes. Gaspard et Cyprien, ne
doutant pas, à l'air de ces jeunes garçons, qu'ils ne fussent les
vengeurs de celui qu'ils avaient
volé, commencèrent à avoir grand'-
peur, et répondirent, en tâchant
de paraître tranquilles, qu'ils les
avaient cueillies dans leur jardin.

» Vous en avez menti, repartit
Nicolas en déchargeant un coup
de poing sur le nez de Gaspard ;
le petit garçon que vous avez dépouillé est notre frère, et nous
sommes venus vous l'apprendre.

— Il faut être bien lâches, con-

tinua Jacques, en traitant Cyprien
de la même façon, pour que deux
garçons de votre âge se soient ré-
unis pour piller et battre un enfant de six ans ! »

Les reproches et les coups pleu-
vaient sur nos deux fanfarons, qui
s'appelaient mutuellement au se-
cours l'un de l'autre. Les jeunes
paysans, après les avoir bien bat-
tus, leur emportèrent à chacun
leur habit, en disant qu'ils ser-
viraient à dédommager Pierrot de
celui qu'ils lui avaient déchiré.
Gaspard et Cyprien ne furent pas
plutôt débarrassés des deux frères, qu'ils se moquèrent l'un de
l'autre.

« Toi, qui te vantes d'être si fort, dit Cyprien, pourquoi n'as-tu opposé que des cris au mauvais traitement qu'on vient de nous faire? Je m'attendais à t'avoir pour défenseur.

GASPARD.

Moi, je comptais sur ton agilité, et j'étais prêt à saisir le moment où tu aurais mis à terre les deux villageois pour leur sauter sur le corps et les étouffer.

CYPRIEN.

Ils m'ont surpris ; tout l'avantage a été de leur côté.

GASPARD.

Je ne le sais que trop ; mais
si jamais je les rencontre..... Al-
lons-nous-en, de peur qu'ils ne
reviennent. »

Cyprien trouva l'avis prudent,
et tous deux reprirent le chemin du château, en cherchant
une excuse pour la perte de leurs
habits. Ces petits fourbes eurent
encore l'audace de donner à cette
aventure une tournure qui leur
attira mille éloges; car ils pré-
tendirent qu'émus de compassion
à la vue de deux pauvres enfants
presque nus, ils s'étaient dépouil-
lés pour les vêtir! mais, en débi-

tant cet odieux mensonge, ils ne
savaient pas que leur cousine
Adélaïde était la marraine de Pierrot, que les noisettes lui étaient
destinées, et que leur imposture
ne pouvait manquer de se découvrir. En effet, Mathurine ac-
compagna elle-même son fils au
château, quelques jours après,
avec un nouveau présent de noisettes, et raconta devant toute la
famille comment deux méchants
petits messieurs avaient enlevé
les premières, battu son enfant,
et déchiré son habit neuf. Tandis qu'elle parlait, Pierrot, que
sa timidité empêchait d'abord de
lever les yeux, les ayant pro-

menés autour de lui, découvrit
les deux cousins qui se faisaient
des signes, et s'écria d'un air
alarmé :

« Ah ! ma mère ! les méchants
petits garçons, les voilà.

ADÉLAÏDE.

— Comment, ce seraient mes
cousins !

MATHURINE.

— Non, mademoiselle, cela ne
peut être, mon petit Pierrot se
méprend assurément. »

Les vauriens, se prévalant de
cette réponse, soutinrent effronté-
ment à Pierrot qu'il ne les avait

jamais vus ; mais l'enfant ne leur céda point : au contraire, il entra dans des détails qui commencèrent à faire froncer les sourcils à l'oncle de Gaspard et de Cyprien.

« Au reste, reprit Mathurine, il y a un moyen bien simple de découvrir la vérité, car mes fils aînés s'étant emparés des habits des voleurs, j'en ai fait faire une veste pour Pierrot, qui est celle qu'il porte en ce moment. Voyez, messieurs, si vous reconnaissez cette étoffe. »

Les cousins avaient grande envie de la désavouer comme le reste ; mais leur oncle, leur cousine et tout le monde, déclarèrent unanimement que c'était bien la veste de Gaspard. On n'avait pas besoin d'autres preuves pour les convaincre. Leur oncle, indigné, les renvoya dans leurs familles, avec des recommandations qui les firent recevoir comme ils le méritaient.

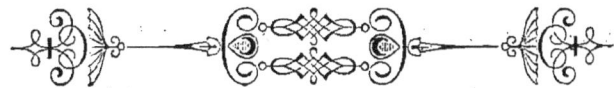

L'HORLOGE.

Trois petites demoi-
selles, dont la plus
âgée n'avait pas plus
de dix ans, Élise, Clé-
mence et Féliciane, étaient, un soir
à la promenade avec leurs gou-

vernantes. Ces petites filles n'é-
taient point sœurs. Elles habitaient
une ville de province où , quoiqu'il y eût d'assez jolies promenades , on préférait sortir en
pleine campagne, surtout durant
la belle saison , comme on se
trouvait alors. Les trois amies,
après avoir couru, sauté et folâ-
tré sur l'herbe, tandis que leurs
gouvernantes travaillaient ensemble, assises à quelque distance, se
reposèrent à la fin sur le gazon,
en mangeant des gâteaux qu'elles
avaient apportés de la ville. En
face d'elles, derrière quelques arbres, se trouvait une église de
village avec une horloge. Les pe-

tites demoiselles gardaient le silence depuis environ cinq minutes,
tant elles étaient occupées à manger leurs gâteaux, lorsque l'horloge sonna six heures ; et en
même temps Féliciane, la plus
vive et la plus enjouée de la
compagnie, se mit à partir d'un
grand éclat de rire. Ses amies, la
regardant d'un air étonné, lui
demandèrent d'où provenait cet
accès de gaieté. Féliciane leur
répondit :

« C'est que je viens d'entendre
sonner six heures à cette horloge, et cela me rappelle une
scène fort comique dont j'ai été
témoin hier à pareille heure.

— Oh ! reprirent les petites demoiselles, il faut que tu nous racontes cela, afin que nous puissions rire avec connaissance de cause.

FÉLICIANE.

Je le veux bien, mais c'est à une condition.

CLÉMENCE.

Laquelle ?

FÉLICIANE.

Chacune de vous m'apprendra à son tour ce qu'elle faisait aussi de son côté hier à pareille heure, et cela avec une parfaite sincérité.

ÉLISE.

Quant à moi, j'y consens volontiers.

CLÉMENCE.

A quoi bon nous imposer une obligation de ce genre? Ne peux-tu nous entretenir de ce qui t'est arrivé, sans qu'il nous faille absolument suivre ton exemple?

FÉLICIANE.

Ta réclamation me ferait soupçonner que la confidence te paraît un peu difficile.

ÉLISE.

Eh! mon Dieu! ma chère Clé-

mence, ce n'est pas entre nous
qu'il est pénible d'avouer de certaines choses. Ne savons-nous pas
qu'à notre âge nous ne faisons
pas toujours bien? Nous n'aurions pas bonne grâce à nous mo-
quer les unes des autres.

CLÉMENCE.

Ce n'est pas non plus ce que
je redoute, comme vous en juge-
rez quand ce sera à mon tour
de parler , puisque Féliciane le
veut.

FÉLICIANE.

Puisque nous voilà d'accord,

je vais vous raconter la scène
dont le souvenir m'a fait rire de
si bon cœur.

LE TAUDIS DE LA MÈRE MONIQUE.

Vous connais-
sez Alain, le fils
de M. Bergail, le
notaire; ainsi, je
n'ai pas besoin de vous apprendre
que c'est le plus méchant garne-

10

ment de notre ville. Vous avez entendu dire mille fois que son plus
grand plaisir est de faire peur aux
petits enfants, aux jeunes filles,
aux vieilles femmes, et générale-
ment à tous ceux de qui il ne redoute aucune punition, sans s'in-
quiéter des suites que ses malices
peuvent avoir. Il a déjà causé plusieurs accidents assez graves, et la
fille du sacristain de Saint-Paul
particulièrement lui doit d'être su-
jette à des attaques d'épilepsie, dont
elle ne guérira, dit-on, jamais. Le
récit des noirceurs que ce mauvais
sujet ne cesse de faire a si fort indigné mon frère, à son retour du
collége, qu'il s'est mis dans la tête

de l'en corriger d'une si bonne façon qu'il ne soit plus tenté de re-
commencer ; et, pour venir à bout
de ce dessein, il a feint de penser
et d'agir comme lui. Il lui demanda hier matin s'il ne serait
point tenté de faire une excellente
collation aux dépens de quelques
jeunes demoiselles qui ne leur
avaient pas fait l'honneur de les
inviter. Alain ouvrit aisément l'o-
reille à une pareille proposition.
Il s'informa du nom de ces demoiselles assez maladroites pour
l'avoir oublié.

« C'est ma sœur et quelques-
unes de ses amies, lui répliqua
mon frère. Ces petites friponnes

ont dérobé chez elle des fruits et
des confitures, dont elles préten-
dent se bien régaler; et, pour évi-
ter d'être surprises, elles sont con-
venues de se réunir secrètement
dans cette masure abandonnée qui
est à la porte de la ville, et qu'on
appelle le *Taudis de la mère Monique*. »

Ici mon frère m'a raconté qu'A-
lain prit un air un peu sérieux;
car vous savez qu'on fait beaucoup de contes sur cette masure,
où l'on prétend que cette mère
Monique, que personne de la ville
n'a connue, et qui est peut-être
morte depuis plus de cent ans, re-
vient filer au rouet toutes les nuits.

« Tu es mal informé, sans doute, dit-il à mon frère. Je ne saurais croire ces demoiselles assez hardies pour s'être donné rendez-vous dans un lieu tel que celui-là.

— Quoi! reprit mon frère, ajouterais-tu foi aux bruits qui courent? Ne vois-tu pas que ce sont des contes de vieilles femmes? Ces demoiselles riraient bien à tes dépens, si elles savaient que tu montres moins de résolution qu'el-les; car je t'assure que c'est bien là qu'elles comptent manger leurs confitures. »

Alain soutint qu'il n'avait point de peur, et qu'il le ferait bien voir; mais on jugeait aisément

qu'il mentait. Cependant sa mé-
chanceté et son amour-propre l'em-
portant sur ses craintes, il promit
à mon frère de se cacher avec lui
dans la masure, et qu'au moment
où nous serions prêtes à manger
notre collation, il nous épouvante-
rait, nous obligerait à prendre la
fuite, et s'emparerait de nos provisions. Le complot devait s'exécu-
ter à six heures précises. Vous de-
vinez bien, mes bonnes amies, que
ce prétendu rendez-vous, et les
confitures volées, étaient une invention de mon frère; car aucune de
nous n'est capable d'une si mauvaise action. Mais comme les méchants croient aisément au mal,

Alain ne nous fit point l'honneur
d'en douter un moment. Mon
frère et lui se rendirent au Taudis
de la mère Monique, et se cachè-
rent dans la cheminée, derrière
un tas de décombres. Au bout
d'un quart d'heure, mon frère,
feignant de s'impatienter de ce
que nous n'arrivions point, dit
qu'il allait jeter un coup d'œil
aux environs. Alain voulut le
suivre.

« Non, non, lui dit mon frère :
garde-toi bien de paraître. Ta ma-
lice est si bien connue, que si on
te soupçonnait seulement dans le
voisinage, aucune de ces demoiselles ne viendrait, et notre coup

serait manqué. J'espère que tu n'as pas peur? »

Alain jura que non, quoiqu'il tremblât de tous ses membres, et recommanda à mon frère de ne pas s'éloigner de la porte de la masure; pour lui, il se blottit dans un coin, les yeux fermés, avec toutes les apparences d'une grande frayeur, qui parvint à son comble lorsqu'il entendit mon frère lui crier du dehors d'une voix lamentable :

« Alain! Alain! prends garde à toi! »

En même temps Alain vit paraître à l'entrée de la masure une grande et horrible vieille, por-

tant sous son bras un rouet, et à
son côté une quenouille chargée de
chanvre. Elle s'en alla droit à la
cheminée; et le méchant, plus mort
que vif, se croyait à son dernier
moment. La mère Monique, comme
si elle ne l'eût point aperçu, s'assit au coin de la cheminée, sur
une pierre qui s'y trouvait, et, le
dos tourné à la porte, se mit à
filer, en chantant d'une voix rau-
que, et en faisant une grimace
épouvantable. Puis tout à coup, levant les yeux sur le tremblant
Alain, elle jeta un furieux cri, le
saisit par les cheveux, et lui demanda cè qu'il faisait chez elle. Il
se prosterna à ses pieds, la face

contre terre, en la conjurant d'a-
voir pitié de sa jeunesse.

« Eh! comment aurais-je pitié
d'un mauvais sujet qui n'a compassion de personne ! s'écria la
mère Monique ; car je te connais
bien, et la seule chose qui m'embarrasse est de savoir si je te tor-
drai le cou, ou si je t'emporterai
bouillir dans la marmite de Lu-
cifer. »

Alain, dont la terreur augmen-
tait de plus en plus, continuait,
en gémissant, de supplier la vieille,
sans trop savoir ce qu'il disait.

« Il faut, reprit-elle brusque-
ment, que j'aille réfléchir là-des-
sus à l'endroit d'où je viens. As-

sieds-toi là sur cette pierre, mets
ma coiffe sur ta tête, ma quenouille à ton côté, et file jusqu'à ce que je revienne, sans te
détourner ni à droite ni à gauche, quelque bruit que tu enten-
des; autrement c'est fait de toi. »

Notre vaurien n'avait garde de
se montrer rétif. La vieille l'ac-
coutra le plus ridiculement qu'elle
put, le mit en ouvrage et vint
aussitôt se joindre à nous qui
écoutions tout cela à la porte,
sans ressentir aucune pitié des
frayeurs de ce méchant garçon. Or
cette mère Monique n'était autre
que le vieux Charlot, notre do-
mestique, naturellement fort laid,

comme vous savez, et que son dé-
guisement rendait encore plus af-
freux. Mon frère, dans l'intention
de rendre la honte d'Alain plus
complète, avàit rassemblé presque
tous ses camarades, et les personnes qui avaient le plus à se
plaindre de ses noirceurs. Nous y
étions aussi, ma gouvernante et
moi; car, quoiqu'il ne nous eût
rien fait personnellement, l'indi-
gnité de ses procédés envers d'autres nous faisait prendre plaisir à
le voir humilié à son tour. Nous
entrâmes doucement dans la masure pour mieux jouir de ce spectacle; mais Alain, fidèle aux ordres de Charlot, ne détourna point

la tête de notre côté; au contraire,
au bruit que nous faisions, sa
frayeur redoubla si fort, qu'il se
mit à tourner son rouet avec une
rapidité si comique, que, ne pou-
vant plus y tenir, nous partîmes
tous d'un éclat de rire si bruyant
et si prolongé, que je ne sais comment les ruines de la masure ne
s'en écroulèrent pas tout à fait;
mais rien n'etait capable d'inter-
rompre le travail du laborieux
Alain, qui se croyait sans doute
environné d'une légion de diables.
Mon frère fut obligé de le prendre
par le milieu du corps, et de le
présenter à la compagnie, dont les
rires redoublèrent à l'aspect de son

étrange figure, de sa quenouille si
plaisamment plantée à son côté,
et de l'air effaré avec lequel il
nous regardait. Lorsqu'à la fin il
eut compris que c'était un tour
qu'on lui jouait, il jeta sa coiffe
d'un côté, sa quenouille de l'autre,
et prit la fuite dans une extrême
confusion, au milieu des huées et
des brocards des assistants, dont
pas un ne plaignait ce mauvais sujet, si justement détesté de toute
la ville.

« Quant à moi, dit Elise en sou-
riant, puisque nous sommes obli-
gées d'être sincères, j'avouerai
qu'à pareille heure j'étais hier assez en peine de moi-même pour

n'avoir pas le temps de penser aux affaires d'autrui, comme il vous sera facile d'en juger par mon récit.

LA PETITE DEMOISELLE

OU

LE JUGE DE PAIX.

Ma mère, ayant eu besoin de s'absenter pour quelques jours, m'a laissée sous l'autorité de ma gouvernante, qui

11

n'est jamais moins accommodante
que lorsqu'elle est seule avec
moi. Hier, par exemple, je la
maudissais de tout mon cœur :
il s'agissait d'une partie de gaufres, à laquelle mes frères étaient
invités chez M. Maurice, et dont je
voulais être absolument. Ma gouvernante s'y opposa : elle préten-
dit que M. Maurice n'ayant point
de filles, cette réunion ne serait
composée sans doute que de jeunes gens, et que ce n'était point
là ma place. J'eus beau soutenir
que la compagnie de mes frères
me servirait d'excuse, ce fut inutilement. « Eh bien ! lui repartis-
je en frappant du pied la terre

avec dépit, j'irai malgré vous. —
C'est une chose que vous ne fe-
rez point, mademoiselle, me ré-
pondit-elle froidement. — Je vais
vous le prouver tout à l'heure,
poursuivis-je, en mettant vivement mes gants et mon chapeau. » Ma gouvernante, me
voyant résolue à lui désobéir, me
saisit entre ses bras, me porta
dans une salle basse et m'y renferma à la clef, sans faire attention aux cris et aux injures dont
je l'étourdissais. Je l'appelai bru-
tale, impertinente; je me plaignis
qu'elle m'avait cassé un bras, et
la menaçai de la faire renvoyer
par ma mère, quoique intérieure-

ment je ne me flattais guère que
maman se mettrait de mon côté
dans cette circonstance. Toute ma
colère ne produisant rien, je m'a-
visai de me remettre en liberté en
passant par une fenêtre qui ou-
vrait sur le jardin. De là je courus à une petite porte, et je me
trouvai dans une ruelle, entre d'autres jardins qui n'étaient séparés
entre eux que par des haies assez
basses. Je voulais aller rejoindre
mes frères pour avoir le plaisir de
manger des gaufres et de faire en-
rager ma gouvernante. Je me mis
donc à passer de jardin en jardin,
jusqu'à ce que j'eusse rencontré
celui de M. Maurice, que je sa-

vais se trouver dans cette direc-
tion. Tout à coup, un jardinier que
je ne voyais point me saisit par
ma robe, et me demanda pourquoi
je me permettais de franchir ainsi
les limites de son jardin. Je lui
répliquai que je me rendais chez
M. Maurice. « A d'autres, à d'autres, me répondit-il; ce n'est point
ici un chemin, et les gens de
bonne intention prennent celui de
la rue. » Aussitôt, sans vouloir m'é-
couter davantage, il me conduisit
à son maître. Je fus d'abord ras-
surée en reconnaissant le vieux
M. Laurent, le juge de paix, qui
dîne très-souvent à la maison, et,
sans attendre qu'il m'interrogeât,

je me hâtai de le mettre au fait
de mon aventure, en tâchant de
jeter tout le tort sur ma gouvernante. Mais jugez de ma surprise,
lorsqu'il m'interrompit en me disant : « Que parlez-vous de gouvernante ? une petite fille de votre
sorte en a-t-elle jamais eu ? —
Comment, monsieur, lui répliquai-
je, ne me reconnaissez-vous pas ?
Je suis Élise Rével. — Vous ? me
repartit-il. — Moi-même. — Peut-
être, continua-t-il, vous a-t-elle
donné charitablement quelques-uns
de ses habits ; mais la demoiselle
que vous dites ne court point
toute seule à travers les jardins,
comme une petite vagabonde. —

Monsieur, je vous assure... — Allons, allons, qu'on appelle mon huissier, et qu'on mène en prison cette jeune voleuse. Je parierais qu'elle a dévasté tous les arbres fruitiers qui se sont trouvés sur son passage. — Faites-moi grâce, m'écriai-je, car certainement je n'ai pas touché à un seul brin d'herbe, et, de plus, je vous conjure de me considérer bien attentivement, pour vous convaincre que je suis la fille de madame Rével. — Je conviens, reprit-il, que vous lui ressemblez beaucoup; mais, encore une fois, vous ne pouvez être la fille d'une dame que j'honore; vous cherchez seulement à

profiter d'une ressemblance trom-
peuse pour me jeter dans l'erreur,
et vous sauver de la prison. » Il
appela alors son huissier, qui vint
prendre ses ordres pour m'emme-
ner. J'étais au désespoir. Je m'avi-
sai enfin de demander qu'on fît
venir ma gouvernante, afin qu'elle
justifiât que je disais la vérité.
Comme il n'y a pas loin d'une
maison à l'autre, elle arriva presque tout de suite, fort inquiète et
fort mécontente. M. Laurent fut
bien obligé de convenir alors que
j'étais Élise Rével. Je me doute cependant qu'il n'avait point attendu
jusque là à me reconnaître, et que
le malin vieillard le faisait exprès

pour me mortifier davantage. Je
suivis ma gouvernante en baissant
la tête, car je me sentais fort con-
fuse de cette aventure, dont je
lui demandai pardon dès le soir
même. Voilà de quelle manière je
passais mon temps, pendant que
Féliciane se divertissait de si bon
cœur. J'aurais voulu avoir à vous
raconter quelque chose de plus
agréable et pour vous et pour
moi; mais j'ai du moins le mérite de la franchise.

CLÉMENCE.

A mon tour, mes chères amies.
Je n'éprouve en ce moment d'au-

tre embarras que celui d'être obligée de vous dire de moi plus de
bien peut-être qu'il ne faudrait.

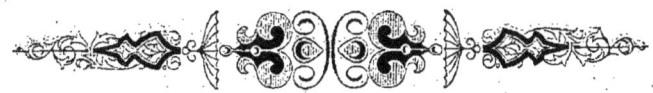

LA NOURRICE

LE BOUQUET DE FÊTE.

Il y a aujourd'hui huit jours qu'étant à la fenêtre, je vis passer Babet, la vieille couturière. « Où allez-vous, Ba-

bet ? lui demandai-je. Elle me
répondit qu'elle allait reporter de
l'ouvrage au moulin de Saint-Ger-
nand. — Ce n'est qu'à deux pas
de la ville, lui repartis-je; si
vous voulez m'attendre un moment, je demanderai la permission de vous y accompagner, car
maman ni ma gouvernante ne
pourront me conduire aujour-
d'hui à la promenade. — Bien
volontiers, mademoiselle, me répondit Babet en me faisant la
révérence; je vous attendrai tout
le temps qu'il vous plaira. » Je
ne fis qu'un saut de cette fenêtre à l'appartement de ma mère,
qui, ayant beaucoup de vénéra-

tion pour la vieille Babet, con-
sentit à ce que je fisse avec
elle cette petite promenade. Nous
voilà donc parties ; mais à peine
avions-nous fait la moitié du
chemin , que le temps devint
noir, menaçant, et que nous sen-
tîmes tomber quelques gouttes de
pluie. « Voilà une grande con-
trariété, me dit Babet. S'il vient
à pleuvoir abondamment , votre
chapeau sera perdu. Je vais vous
conduire dans une maison dont
les habitants sont de braves gens,
quoique pauvres ! vous y resterez
à l'abri pendant que j'irai reporter mon ouvrage ; car, pour
moi, ma cape me garantira suf-

fisamment. » Je consentis d'autant plus volontiers à cet arrangement, que j'ai peur de l'orage.
Babet me remit entre les mains
d'une femme qu'elle nomma Marguerite, et poursuivit son chemin.
Lorsqu'elle fut partie, Marguerite
me regarda d'un air extrêmement
touché, comme si elle eût voulu
me dire quelque chose; mais elle
garda pourtant le silence, se con-
tentant de pousser un profond
soupir. Quoique cette conduite me
parût singulière, je n'osai point
lui en demander la raison. A
côté d'elle était assise une petite
fille, à peu près de mon âge, qui
tricotait un gros bas de làine.

Tout paraissait bien pauvre dans
cette maison ; les lits n'avaient
point de rideaux, les couvertures
étaient toutes déchirées. Du reste,
la situation de cette chaumière
est l'une des plus riantes qu'on
puisse voir, étant placée sur
une hauteur d'où l'on découvre
toute la ville. Je témoignai à
Marguerite combien cette vue
me paraissait agréable, et mon
étonnement de ce qu'on ne m'y
avait jamais conduite dans mes
promenades ; « car, ajoutai-je,
voici, je pense, la première
fois que je me trouve dans ce
lieu. — Oh! non, me répondit
Marguerite en soupirant, ce n'est

pas la première fois : ces environs
vous étaient bien connus jadis;
mais vous les avez oubliés. —
Comment ! m'écriai-je, vous vou-
driez me faire croire que je suis
déjà venue ici? — Oui, mademoiselle, car c'est ici que vous avez
été nourrie. — Vous me prenez
pour une autre, assurément, re-
pris-je ; si cela était, me l'aurait-
on laissé ignorer ? — Ah ! je ne
me trompe point, poursuivit Marguerite, vous êtes mademoiselle
Clémence de Saint-Gal, et ma petite sœur de lait!... — Vous êtes
donc ma nourrice? — Oui, me
répliqua-t-elle en pleurant, je suis
votre nourrice, et, malgré ce qui

est arrivé, je vous assure que je
vous aimais autant que ma propre fille. » Après les avoir em-
brassées toutes les deux, je dis à
Marguerite : « Il faut en effet qu'il
soit arrivé quelque chose d'extra-
ordinaire, pour que ma mère ne
m'ait jamais parlé de vous, ni
conduite dans votre maison..... —
Gardez-vous bien de lui dire que
vous y êtes entrée, interrompit ma
nourrice, cela la mettrait encore
plus en colère contre moi. — Ap-
prenez-moi de grâce, poursuivis-
je, ce qui peut vous inspirer de
pareilles craintes, et pourquoi ma
mère, si bonne à l'égard de tout
le monde, se montre, en appa-

rence, si ingrate envers vous? —
Ce n'est pas à moi de m'en plaindre, repartit Marguerite. Je vous
nourrissais depuis dix-huit mois,
et, grâce à Dieu, je n'avais mérité
jusque là aucun reproche, car vous
prospériez à vue d'œil. Toutes les
fois que votre maman venait vous
voir, elle me disait : « Bonne
Marguerite, puisque je n'ai pu
nourrir moi-même ma chère fille,
je bénis le Ciel de vous avoir
rencontrée. Continuez à en prendre soin comme vous faites, et
comptez qu'à mon tour je m'oc-
cuperai du sort de votre petite
Rose, lorsqu'elle sera en âge. »
Outre ces bonnes promesses, votre

mère me faisait encore beaucoup
de cadeaux, et j'avais un traitement qui mettait notre maison
dans l'aisance : mais les choses ont
bien changé depuis ce temps-là! »
La pauvre femme pleura encore.
Je la consolai par de nouvelles
caresses; car, sans savoir le sujet de sa disgrâce, je ne pouvais
m'empêcher de l'aimer. « Vous
aviez donc dix-huit mois, comme
je vous le disais, continua-t-elle,
lorsqu'une de mes voisines survenant tout à coup : « Marguerite,
me dit-elle, si tu veux voir ton
frère, celui qui était parti pour
l'armée, va vite sur le grand chemin; le voilà qui passe à la tête

des tambours, galonné sur toutes
les coutures, avec une belle canne
à la main et un beau plumet à
son chapeau. » A cette nouvelle,
je crus que je deviendrais folle de
joie. Je vous remis entre les bras
de ma voisine, en la priant de
vous garder jusqu'à mon retour,
et je courus à toutes jambes sur
le grand chemin, où je vis un
homme qui ressemblait un peu à
mon frère, quoique pourtant ce ne
fût pas lui. Je m'en revins toute
honteuse; mais, grand Dieu! quel
spectacle m'attendait ici! Vous étiez
étendue à terre, baignée dans votre
sang. Ma voisine, au lieu de vous
garder, impatiente d'aller voir dé-

filer cette troupe, vous avait con-
fiée à une espèce d'imbécile qui
vous avait laissée tomber sur une
pierre aiguë. Là cicatrice y est
encore, là sur votre front : elle
m'a d'abord sauté aux yeux. Votre
mère arriva aussitôt que moi. Jugez de son épouvante, en vous
voyant pâle, sanglante, inanimée!
Elle vous arracha de mes bras,
en me lançant un regard que je
n'oublierai de ma vie, pansa elle-
même votre blessure, et vous em-
mena avec elle dès qu'elle vous vit
en état de supporter ce petit voyage. Non - seulement elle ne voulut
recevoir aucune excuse, mais elle
m'accabla du poids de son indi-

gnation, et me défendit de paraître jamais en sa présence. Quelque douleur que j'en ressentisse,
le chagrin dans lequel je la voyais
elle-même m'empêcha de me plaindre de sa sévérité; mais je vous
pleurai amèrement, car je vous aimais de toute mon âme. Depuis
cette époque, n'osant enfreindre les
ordres de votre mère, je n'ai fait
aucune tentative pour obtenir d'elle
mon pardon; mais j'ai passé bien
des fois devant votre porte, pour
goûter la satisfaction de vous
voir. »

Tel fut le récit de ma pauvre
nourrice. « Je suis bien fâchée, lui
répondis-je, de vous avoir causé

tant de chagrins. Puisque le ha-
sard m'a conduite auprès de vous,
j'en profiterai du moins pour faire
tout ce qui dépendra de moi pour
vous réhabiliter auprès de maman,
et je me flatte d'y réussir. » Comme
j'achevais ces mots, la vieille Babet
arriva du moulin, et me ramena
dans notre maison, sans se douter
du grand dessein qui m'occupait.
J'étais assez embarrassée pour savoir comment je m'y prendrais avec
maman pour entamer la conversation. Enfin, je me hasardai à demander à maman si je n'avais pas
une nourrice. A cette question, elle
me répondit par le récit de l'événement que vous savez, et me si-

gnifia avec colère de ne plus lui
reparler de cette créature. Alors
mes pleurs coulèrent, et je plaidai
la cause de Marguerite, mais sans
succès.

Nous demeurâmes encore ainsi
deux ou trois jours. La veille de
ma fête, qui était hier, maman me
demanda le matin ce qu'elle me
donnerait pour mon bouquet. Elle
se mit à me proposer une robe, un
chapeau et d'autres objets sembla-
bles, et, voyant que je ne m'en sou-
ciais guère, elle me nomma diffé-
rents jouets qui ne me convinrent
pas davantage. « En vérité, continua
ma mère en riant, je n'ai jamais
vu de petite fille plus difficile que

toi; mais puisque rien ne saurait
te plaire, je me contenterai de te
donner un bouquet de fleurs; ce
sera autant d'épargné pour ma
bourse. — Si vous vouliez m'accorder ce que je souhaite, répli-
quai-je. — Paix, paix! interrompit
maman, je ne veux plus que tu
me rompes la tête d'une chose qui
me déplaît. Il me semble même
que si ce n'était pas la veille de ta
fête, je me fâcherais sérieusement
de ton obstination. » Je me jetai
dans ses bras, un peu alarmée
de cette menace, et je lui promis,
non sans beaucoup de chagrin, de
ne plus l'importuner à ce sujet.
Vers les six heures du soir, ma-

man m'appela dans sa chambre.
« N'est-il pas temps, me dit-elle, que
je donne le bouquet à ma chère
fille? Tu te souviens, au reste, que
je ne te dois que des fleurs; voyons
si tu agréeras celles que j'ai choisies. » En disant cela, elle alla
prendre dans son cabinet de toilette deux personnes qu'elle me
présenta : c'étaient Marguerite, ma
nourrice, et Rose, ma sœur de
lait; maman faisait allusion à leurs
noms. Jugez de ma surprise et de
ma joie! « Ah! maman, ma chère
maman! m'écriai-je, que vous êtes
bonne! » Je les embrassai toutes
trois avec transport. « Ma chère enfant, me dit alors ma mère, j'ai été

touchée, je l'avoue, de la chaleur
avec laquelle tu as sollicité près de
moi le pardon de ta nourrice.
Marguerite, rien n'est plus vrai,
Clémence a préféré notre réconci-
liation à tout ce que j'ai pu lui
offrir de plus séduisant pour son
âge ; j'en suis ravie, car cela
prouve qu'elle a un bon cœur.
Marguerite et sa fille me com-
blèrent de caresses et me donnè-
rent des éloges qu'il ne me convient guère de vous répéter. Nous
passâmes ensemble une soirée dé-
licieuse ; mon cœur nageait dans
la joie, non-seulement de ce que
j'avais procuré à ma pauvre nourrice une protection dont elle avait

si grand besoin, mais parce que
je voyais combien ma mère était
satisfaite de ma conduite. Voilà,
mes chères amies, ce que j'avais
à vous dire. Ce récit ne vous paraîtra pas, sans doute, aussi inté-
ressant qu'à moi; mais c'est votre
faute : je m'en serais dispensée, si
vous l'aviez voulu.

FÉLICIANE.

Tu n'as besoin d'aucune excuse,
et ton histoire vaut bien les nô-
tres; il est temps de retourner à
la ville. Convenez que cette horloge, et l'éclat de rire qui m'est

échappé en l'entendant sonner six heures, sont cause que nous avons passé le temps d'une manière fort agréable.

FIN.

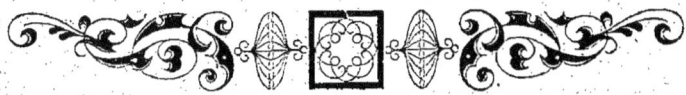

TABLE.

LA POUPÉE BIEN ÉLEVÉE.

FIN DE LA TABLE.

IMPRIMERIE DE BEAU, A SAINT-GERMAIN-EN-LAYE.

BIBLIOTHÈQUE LITTÉRAIRE DE LA JEUNESSE.

AVENTURES DE TÉLÉMAQUE, suivies du Recueil de Fables composées pour l'éducation de monseigneur le duc de Bourgogne, par Fénelon, archevêque de Cambrai.

AVENTURES DE ROBINSON CRUSOÉ, traduction nouvelle.

CORNEILLE (OEuvres choisies), édition pour la jeunesse, corrigée par M. l'abbé Des Billiers, directeur de la *Bibliographie catholique*.

FABLES DE LA FONTAINE, avec des Notes par Mᵐᵉ Amable Tastu.

FABLES DE FLORIAN, avec des Notes par Mᵐᵉ Amable Tastu : suivies de quelques autres Fables de nos meilleurs fabulistes.

HISTOIRE DE DON QUICHOTTE DE LA MANCHE, par Michel Cervantes, nouvelle édition, corrigée par M. l'abbé Lejeune.

LES INCAS, *ou* LA DESTRUCTION DE L'EMPIRE DU PÉROU, suivi de BÉLISAIRE, par Marmontel, nouvelle édition, corrigée par M. l'abbé Lejeune.

LA JÉRUSALEM DÉLIVRÉE, traduction nouvelle, corrigée pour la jeunesse, par M. l'abbé Des Billiers.

LES MILLE ET UNE NUITS, contes arabes, traduits par Galland, nouvelle édition, corrigée et revêtue de l'approbation de M. l'abbé Lejeune, chanoine de la métropole de Rouen, professeur à la faculté de théologie.

OEUVRES CHOISIES DE BERNARDIN DE SAINT-PIERRE, contenant Paul et Virginie, la Chaumière indienne, le Voyage à l'île de France et divers extraits des Études et des Harmonies de la nature, avec une Notice sur Bernardin de Saint-Pierre, par M. l'abbé Delacouture.

RACINE (OEuvres choisies), édition pour la jeunesse, corrigée par M. l'abbé Des Billiers, directeur de la *Bibliographie catholique*.

LE ROBINSON SUISSE, *ou* RÉCIT D'UN PÈRE DE FAMILLE jeté par un naufrage dans une île déserte avec sa femme et ses enfants, traduction nouvelle, contenant la suite donnée par l'auteur allemand M. Wyss, revue et corrigée par Pierre Blanchard.

ROLAND FURIEUX, poëme traduit de l'Arioste, édition pour la jeunesse, revue, corrigée et expurgée par M. l'abbé Des Billiers directeur de la *Bibliographie catholique*.

SIÈCLE DE LOUIS XIV, par Voltaire, édition corrigée et expurgée par M. l'abbé Duchesne, chanoine de Paris.

Paris. — Typographie de Firmin Didot frères, rue Jacob, 56.